1911 Juin -13.

ATELIER

DE

Feu Tchoumakoff

ARTISTE-PEINTRE

5

CATALOGUE

DES

I. Œuvres de Tchoumakoff

II. ŒUVRES PAR DIVERS

APPIAN, BÉNOUVILLE, COROT (C.), DECAMPS (A.-G.), DELACROIX (E.), GÉRARD (LE BARON F.), HEREAU (J.), JACQUE (CH.), KOUPETSKY, MILLET (J.-F.), RICARD (G.), KIPRENNSKY, SOKOLOFF, TASSAERT (O.), TENIERS, VERNET (H.), ETC.

ESTAMPES ANCIENNES

IMPORTANTE COLLECTION

DE PANNEAUX, BOIS SCULPTÉS, DES XVe ET XVIe SIÈCLES

COFFRES, BAHUTS

PORCELAINES, BRONZES, ÉTOFFES ANCIENNES, OBJETS DIVERS

LE TOUT GARNISSANT

L'Atelier de Feu TCHOUMAKOFF

ET DONT LA VENTE PAR SUITE DE SON DÉCÈS AURA LIEU

HOTEL DROUOT, SALLE N° 1

Les Mardi 13 Juin et Mercredi 14 Juin 1911

à 2 heures 1/2

COMMISSAIRE PRISEUR, **Me E. BOUDIN**, 14, rue Grange-Batelière

ASSISTÉ DE :

M. GEORGES SORTAIS
PEINTRE-EXPERT
près le Tribunal de la Seine
11, rue Scribe

MM. G. DUCHESNE ET R. DUPLAN
EXPERTS
10, rue Rossini
PARIS

M. LOYS DELTEIL, Expert-Graveur
2, rue des Beaux-Arts

EXPOSITIONS

Particulière : *Le Dimanche 11 Juin 1911* }
Publique : *Le Lundi 12 Juin 1911. . .* } *de 2 heures à 6 heures.*

CONDITIONS DE LA VENTE

Elle sera faite au comptant.

Les adjudicataires paieront *dix pour cent* en sus des enchères.

L'exposition mettant le public à même de se rendre compte de l'état et de la nature des objets, aucune réclamation ne sera admise une fois l'adjudication prononcée.

Paris. — Imprimerie de l'Art, Ch. Berger, 41, rue de la Victoire.

Th. Tchoumakoff

TH. TCHOUMAKOFF

Théodore Pétrovitch Tchoumakoff, né à Saint-Pétersbourg en 1823, montra, dès le début, un tempérament tout porté vers les arts ; fils de militaire, on le destinait à la carrière théâtrale, mais son insistance à se servir du crayon le fit distinguer des Maîtres russes de l'époque : Brülow et Bassine, et admettre à l'École des Beaux-Arts, où ses progrès rapides lui obtinrent de nombreuses distinctions. Une maladie de cœur mettant sa vie en danger, on l'envoya faire une cure en Italie. Après plusieurs années à Rome, il revint à Saint-Pétersbourg, où ses œuvres de plus en plus appréciées lui valurent l'entrée à l'Académie Impériale et de nombreuses commandes. Son enthousiasme pour les voyages ainsi que pour le développement intellectuel lui firent désirer se fixer en France, malgré les succès dont le comblait la terre natale.

Il vint à Paris en 1859, s'y maria et y fixa son foyer ; entre temps, il présentait ses œuvres en Russie où la même vogue les accueillait. En 1866, la Grande-Duchesse Marie-Nicolaïewna, sœur du tsar Alexandre II, lui fit l'honneur de venir à son atelier, lui acheta plusieurs toiles et lui fit la commande d'un tableau important resté célèbre : *Le Christ chez le mauvais riche*. Plusieurs autres travaux de haute composition, tel que le *Christ flagellé* acheté par le Gouvernement français, consacrèrent, à Paris, la réputation de Th. Tchoumakoff. Il se distinguait aussi par des portraits d'une exécution à la fois très serrée et magistrale qui fait penser à Denner ; plusieurs de ces ouvrages ont figuré à l'Exposition rétrospective de 1900 et donnèrent la note primitive du Vieux Maître. Ils sont actuellement destinés à prendre place au Musée Impérial de Saint-Pétersbourg.

Homme fort séduisant, ayant connu toutes les élégances mondaines ; habitué des réceptions de la Princesse Mathilde ; lié à toutes les célébrités de son temps, à Dumas père qui le cite dans ses voyages en Russie, à Corot qui lui conte alors ses déboires de méconnu ou de contesté, Tchoumakoff transforme sa manière et aime à se persuader que les œuvres d'art doivent naître sans effort pénible. Il se donne à l'interprétation du visage féminin et les plus jolies de nos Parisiennes convoitent leur portrait, de même aussi les moins favorisées, — car il disait galamment et avec grande conviction n'avoir jamais trouvé une femme laide. En fallait-il davantage pour lui conquérir la vogue auprès du beau sexe !

C'est ainsi que nous exposons une variété de types où la grâce de son crayon ou de son pinceau nous traduit un visage doux, radieux, sévère, altier, espiègle, méditatif, triste ou ingénu.

Dès cette époque, on peut distinguer en Tchoumakoff deux personnalités fort intéressantes, se complétant mutuellement : l'artiste et le collectionneur.

Ah ! les heureux moments que les visites d'expositions, les échappées vers « l'Hôtel », les stations à la vitrine poudreuse des antiquaires d'autrefois !... de combien de découvertes n'agrémentait-il pas ses promenades, rapportant lui-même quelque toile ou panneau gothique, à une époque où le flair du connaisseur était nécessaire pour en savourer la beauté. C'est ainsi qu'a pris naissance le précieux fouillis d'atelier que nous présentons au public avant de le voir se disperser. A grand peine, il consentait à se déposséder de ce qu'il avait acquis avec tant de joie. Une de ces toiles choisies, le portrait de Ricard par lui-même figure actuellement au Musée du Louvre. D'autres Ricard, des œuvres de Tassaërt, Couture, Decamps, Delacroix, Corot, Millet, enfin le tableau de Ch. Jacque qui avait son chevalet spécial, afin de ne plus le quitter des yeux, et dont il aimait à faire remarquer le ciel peint à la manière de Constable, avaient agrémenté et orné les murs de son atelier.

Vers 1896, commencent les heures sombres de la vieillesse, activées par le déclin de la vue... quelle cruelle agonie pour cette grande intelligence, encore toute vibrante, de survivre à des forces physiques qui s'éteignent chaque jour !...

Le 22 janvier 1911, Théodore Tchoumakoff, atteint d'une congestion, tombe dans son atelier... sa chute entraine une lampe, foyer d'incendie, et sa fille éplorée le trouve gisant inanimé au milieu des flammes.

. . . .

En toute simplicité, je dédie ces quelques lignes de souvenirs à ceux qui ont aimé et compris Th. Tchoumakoff, à ceux qui l'ont entouré de leur inlassable dévouement, à ceux qui se partageront les œuvres d'art de son atelier : toutes ont quelque chose de sa personnalité, qu'il les ait choisies ou qu'il les ait créées; il était très Russe, très patriote, et sentait vivement tout ce qu'il devait à la France.

L. L.

Paris, mai 1911.

DÉSIGNATION

ESTAMPES

BAUDOUIN (D'après P.-A.)

1 — Perrette, par H. Guttenberg (E. B. 36). Très belle épreuve.

BENAZECH (D'après)

2 — Le Retour du Laboureur, par Ingouf le jeune. Belle épreuve, *avant la dédicace.*

BOILLY (D'après L.)

3 — L'Amusement de la Campagne. — La Jardinière. — La Précaution. — La Solitude. Suite de quatre pièces, par S. Tresca. Très belles épreuves (petites piqûres).

4 — L'Amusement de la Campagne. — La Solitude. Deux pièces, par S. Tresca, se faisant pendants. Très belles épreuves.

5 — Ah! comme il y viendra! par Clavareau. Belle épreuve (petite cassure).

6 — L'Amant poète. — L'Amant musicien. Deux pièces, par J. P. Lévilly, se faisant pendants. Belles épreuves (*une avant la lettre*, la seconde sans marge).

7 — La Jarretière, par S. Tresca. Très belle épreuve, *tirée en bistre.*

BOILLY (D'après L.) ?

8 — L'Espiègle ? Belle épreuve, *avant toute lettre.*

CHARDIN (D'après S.)

9 — La Mère laborieuse. — Le Château de cartes. — Le Dessinateur. — Le Négligé. — La Bonne Education. Six pièces par Lépicié, Fillœul, Flipart et Le Bas (mal conservées).

ECOLES FRANÇAISE ET ANGLAISE (XVIIIe siècle).

10 — Le Tendre désir. — Les Appas multipliés. — La Jarretière. — Retour d'un bal, etc. Huit pièces, d'après Greuze, Boilly, Reynolds, Cochin (plusieurs manquent de conservation).

GÉRARD (D'après Mlle)

11 — Dors, mon enfant. — L'Espoir du Retour. Deux pièces, par H. Gérard, se faisant pendants. Belles épreuves.

12 — Le Bouquet inattendu, par H. Gérard. Très belle épreuve.

13 — L'Art d'aimer, par H. Gérard. Belle épreuve, *avant la lettre* (doublée).

14 — Je M'occupais de vous, par G. Vidal. Belle épreuve.

KAUFFMAN (D'après ANGÉLICA)

15 — *Nymphs Sacrificing to Love. — Nymphs Sacrificing to Mercury.* Deux pièces, par Bonnefoy, se faisant pendants. Belles épreuves.

LAURENCE (D'après TH.)

16 — Mariana. — Eulione. — Miss Croker. — German Lady, etc. Sept pièces par R. Graves, S. Cousins, S. W. Reynolds et autres.

MOREAU LE JEUNE (D'après J.-M.)

17 — La Dame du Palais de la Reine, par Martini. Belle épreuve (piqûres).

TURNER (D'après)

18 — Vues et Marines. Vingt pièces par Brandard, Cousen, Goodall, etc.

19 — Sous ce numéro, il sera vendu trente-sept gravures et dessins anciens et modernes.

ŒUVRES

DE M. TCHOUMAKOFF

20 — *Tête de Jeune Femme.*

De face, les cheveux poudrés, les yeux bleus.
Dessin aux trois crayons, ovale.

Haut., 38 cent.; larg., 28 cent.

21 — *Jeune Femme.*

En buste, de profil, la chevelure rouge, corsage décolleté.
Dessin rehaussé, ovale.

Signé à droite.

Haut., 39 cent.; larg., 29 cent.

22 — *Buste de Jeune Femme.*

Épaule droite découverte, gaze dans la chevelure.
Dessin rehaussé.

Signé en haut à gauche.

Haut., 65 cent.; larg., 44 cent.

23 — *Tête de Jeune Femme de 1830.*

De trois quarts, vers la droite.
Dessin rehaussé.

Signé en haut à gauche.

Haut., 42 cent.; larg., 30 cent.

24 — *Jeune Femme rousse.*

La tête légèrement levée.
Dessin rehaussé.

Signé en haut à droite.

Haut., 35 cent.; larg., 27 cent.

TCHOUMAKOFF

25 — *Tête de Femme échevelée.*

Vue presque de face et regardant à droite.
Dessin rehaussé.

Signé en bas à droite.

Haut., 30 cent.; larg., 24 cent.

26 — *Souvenir du XVIIIe siècle.*

Buste de jeune femme, des roses dans la chevelure et au corsage.
Dessin rehaussé, ovale.

Signé à droite.

Haut., 34 cent.; larg., 26 cent.

27 — *Tête d'Enfant.*

La tête de trois quarts renversée sur l'épaule.
Dessin rehaussé.

Signé en bas à droite.

Haut., 27 cent.; larg., 22 cent.

28 — *La Femme au chapeau enrubanné.*

Aquarelle rehaussée de gouache.

Signé en bas à droite.

Haut., 39 cent.; larg., 30 cent.

29 — *Tête de Jeune Fille.*

De face, enveloppée d'un voile gris.
Dessin rehaussé.

Signé en bas à gauche.

Haut., 27 cent.; larg., 28 cent.

30 — *Jeune blonde souriante, les épaules nues.*

Dessin rehaussé, ovale.

Signé à droite.

Haut., 34 cent.; larg., 26 cent.

TCHOUMAKOFF

31 — *Tête de Soubrette penchée.*

Signé en haut à droite.

Toile. Haut., 49 cent.; larg., 40 cent.

32 — *Buste de Jeune Fille blonde.*

De profil, coiffée à l'Empire.
Effet de clair obscur.

Signé à droite.

Papier. Haut., 34 cent.; larg., 30 cent.

33 — *Jeune Femme.*

Vue de trois quarts, tournée vers la gauche.

Signé en haut à gauche.

Bois. Haut., 13 cent.; larg., 10 cent. 1/2.

34 — *Jeune brunette décolletée.*

Décolletée, tournée vers la droite.

Signé en haut à droite.

Bois. Haut., 11 cent.; larg., 7 cent. 1/2.

35 — *Tête de Jeune Femme endormie.*

Vue de profil.
Dessin rehaussé.

Signé en haut à gauche.

Diam., 17 cent.

36 — *Tête de Colombine.*

Signé en haut à gauche.

Bois. Haut., 35 cent., larg., 22 cent.

37 — *Jeune Femme blonde.*

Vêtue de tulle blanc, décolletée.

Signé en haut à gauche.

Carton. Haut., 41 cent.; larg., 32 cent.

TCHOUMAKOFF

38 — *Buste de Jeune Femme.*

La chevelure poudrée, les seins nus.

Signé en haut à droite.

Pastel. Haut. 55 cent.; larg., 38 cent.

39 — *Jeune Femme en buste.*

Costume Louis XVI, bleu, décolleté.

Pastel. Haut , 61 cent.; larg., 47 cent.

40 — *Buste de Jeune Femme brune.*

Coiffée à l'Empire.

Signé en haut à gauche.

Toile. Haut., 46 cent.; larg., 56 cent.

41 — *Jeune Femme.*

La tête penchée sur l'épaule droite, enveloppée d'une gaze noire.

Signé en haut à gauche.

Haut., 65 cent.; larg., 54 cent.

42 — *Buste de Jeune Femme blonde.*

Décolletée, la tête tournée vers la gauche.

Signé en haut à droite.

Toile. Haut , 46 cent.; larg. 56 cent.

43 — *Tête de Jeune Mariée russe.*

Signé en bas à droite.

Carton. Haut , 36 cent.; larg., 27 cent.

44 — *Tête de Fillette brune.*

Souriante, les cheveux frisés, la tête tournée vers la droite.

Pastel. Haut . 41 cent.: larg . 32 cent.

TCHOUMAKOFF

45 — *Jeune Fille.*

Vue de face, robe de gaze blanche décolletée.
Signé en haut à gauche.

Pastel. Haut , 65 cent., larg , 52 cent.

46 — *Buste de Jeune Femme.*

La chevelure entrelacée d'un ruban.
Signé en bas à droite.

Toile. Haut., 55 cent.; larg., 46 cent.

47 — *Jeune Femme.*

Assise à mi-corps vers la droite.

Haut., 81 cent.; larg., 65 cent.

48 — *Buste de Jeune Femme.*

Poudrée, tournée vers la droite.
Signé en haut à gauche.

Papier. Haut., 61 cent.; larg., 47 cent.

49 — *Tête de Jeune Femme rousse.*

Éclairée par le haut, vue de profil à gauche.
Signé en haut à gauche.

Bois. Haut., 33 cent.; larg., 24 cent.

50 — *Buste de Jeune Femme.*

Coiffée d'une haute chevelure, les épaules nues.
Dessin rehaussé de pastel.
Signé en haut à gauche.

Haut., 62 cent.; larg., 46 cent.

51 — *Tête de Petite Fille rousse.*

De trois quarts à droite, vêtue de brun.
Signé en haut à gauche.

Carton. Haut., 29 cent ; larg., 23 cent.

TCHOUMAKOFF

52 — *Jeune Femme.*

De face, les cheveux poudrés et frisés.

Signé en haut à droite.

Toile. Haut., 62 cent ; larg., 50 cent.

53 — *Tête de Jeune Femme.*

De face, penchée sur l'épaule droite.
Dessin rehaussé d'aquarelle.

Signé en bas à droite.

Haut., 21 cent.; larg., 26 cent.

54 — *Jeune Femme.*

En buste, de face à gauche, corsage décolleté.

Signé en haut à gauche.

Toile. Haut., 55 cent.; larg., 46 cent.

55 — *Tête de Jeune Femme brune.*

Vue de dos et de trois quarts, la tête levée.

Signé en haut à gauche.

Toile. Haut., 27 cent.; larg., 22 cent.

56 — *Tête de Jeune Femme.*

Coiffée d'un turban, vêtue de rouge.

Signé en bas à gauche.

Toile., Haut., 50 cent.; larg., 40 cent.

57 — *Tête de Jeune Fille russe.*

La tête appuyée sur la main droite.

Signé.

Ovale. Haut., 36 cent.; larg., 27 cent.

TCHOUMAKOFF

58 — *Jeune Femme blonde.*

La tête baissée, les épaules nues, vue de profil.

Toile. Haut., 54 cent.; larg., 45 cent.

59 — *Buste de Jeune Femme blonde.*

La tête appuyée sur la main.

Signé en haut à gauche.

Toile. Haut., 53 cent.; larg., 45 cent.

60 — *Jeune Femme blonde.*

En buste de trois quarts, de demi-grandeur naturelle.
Dessin aux deux crayons.

Haut., 36 cent.; larg., 26 cent.

61 — *Tête de brunette.*

Tournée vers la droite, les yeux levés.

Signé en haut à droite.

Aquarelle. Haut., 25 cent.; larg., 19 cent.

62 — *Tête renversée de Jeune Femme.*

Papier. Haut., 31 cent.; larg., 22 cent.

63 — *Buste de Jeune Femme.*

Enveloppée d'un manteau vert.

Pastel. Haut., 66 cent.; larg., 50 cent.

64 — *Tête de Jeune Fille.*

Coiffée d'un bonnet de dentelle à gros nœuds; de trois quarts vers la droite.

Dessin rehaussé d'aquarelle.

Haut., 33 cent.; larg., 23 cent.

71. — TCHOUMAKOFF

58. — TCHOUMAKOFF

TCHOUMAKOFF

65 — *Savant.* (D'après Rembrandt.)

Assis dans une stalle, les mains croisées sur la poitrine.

Toile. Haut., 40 cent.; larg., 32 cent.

66 — *Tête de Jeune Femme brune.*

Vêtue de rouge.

Signé en haut à droite.

Bois. Haut., 17 cent.; larg. 13 cent.

67 — *Tête de Jeune Femme.*

De face, à la chevelure blonde frisée.

Signé en haut à gauche.

Aquarelle. Haut., 37 cent.; larg., 27 cent.

68 — *Tête de Jeune Femme.*

A haute coiffure entrelacée de rubans.
Dessin rehaussé.

Signé.

Haut., 27 cent.; larg., 22 cent.

69 — *Tête de Jeune Femme blonde.*

Les cheveux frisés.
Dessin rehaussé d'aquarelle.

Signé en haut à gauche.

Haut., 28 cent.; larg., 22 cent.

70 — *Tête de Jeune Femme.*

Tournée vers la gauche et la chevelure rejetée en arrière.

Signée en bas.

Aquarelle ovale. Haut., 35 cent.; larg., 26 cent.

TCHOUMAKOFF

71 — *La Bacchante aux cheveux d'or.*

Toile. Haut., 70 cent.; larg., 57 cent.

72 — *Buste de Jeune Femme.*

De trois quarts vers la droite, drapée de soie verte.

Signé en haut à gauche.

Toile. Haut., 53 cent.; larg., 43 cent.

73 — *Jeune Femme.*

De l'époque du Premier Empire, les épaules nues.

Signé en haut à gauche.

Aquarelle. Haut., 30 cent.; larg., 22 cent.

74 — *Tête de Jeune Femme brune.*

Vue de face.

Aquarelle. Haut., 35 cent.; larg., 27 cent.

75 — *Deux Têtes de Jeunes Filles brune et blonde.*

Signé en haut à droite.

Aquarelle. Haut., 29 cent.; larg., 22 cent.

76 — *Tête de Jeune Femme blonde.*

Presque de face vers la droite.

Aquarelle. Haut., 32 cent.; larg., 23 cent.

77 — Numéros omis.

59. Tchoumakoff

72. Tchoumakoff

59. Tchoumakoff

72. Tchoumakoff

Imp. Fortier et Marotte

ŒUVRES DE DIVERS

ACHENBACH (André)

78 — *Matelots s'abritant derrière une barque.*

Bois. Haut., 26 cent.; larg., 21 cent.

ANDRIEU (J.-P.)

79 — *Le Chasseur égaré.*

Signé en bas à gauche.

Toile. Haut., 26 cent.; larg., 26 cent.

APPIAN (Adolphe)

80 — *Mare sous bois.*

Toile. Haut., 37 cent.; larg., 66 cent. 1/2.

BELLOLI

81 — *Baigneuses s'abritant du soleil.*

Toile. Haut., 56 cent.; larg., 46 cent.

BÉNOUVILLE (L.-F.)

82 — *Buste de Jeune Franciscain.*

Cachet de la Vente en bas à droite.

Toile. Haut., 62 cent.; larg., 50 cent.

BINYER

83 — *Paysanne tricotant près d'un enfant dans un intérieur.*

Signé en bas à droite.

Aquarelle. Haut., 17 cent.; larg., 16 cent.

BONHEUR (Attribué à Rosa)

84 — *Un bélier.*

Toile. Haut., 34 cent.; larg., 24 cent. 1/2.

COROT (Camille)

85 — *Chemin montant dans un village.*

Etude.

Signé en bas à droite.

Bois. Haut., 19 cent.; larg., 24 cent. 1/2.

COCHIN (C.-N.)

86 — *Portrait d'Homme en buste.*

Dessin au crayon noir rehaussé.

Haut., 16 cent.; larg., 13 cent.

COUTURE (Thomas)

87 — *Apothéose de la Royauté.*

Esquisse.

Toile. Haut., 93 cent.; larg., 65 cent.

DECAMPS (Gabriel-Alexandre)

88 — *Les Bohémiens.*

Signé et daté en bas au milieu : *Decamps 1849.*

Toile. Haut., 50 cent.; larg., 60 cent.

DECAMPS (D'après)

89 — *Victime de l'art.*

Etude.

A été lithographié par Eugène Leroux.

Toile. Haut., 39 cent.; larg., 57 cent.

Imp Fortier et Marotte

88. — DECAMPS (G.-A.)

Imp. Fortier et Marotte

90. — Delacroix

DELACROIX (Eugène)

90 — *Arabe sellant son cheval, dans un paysage à terrain découvert.*

Signé et daté en bas à droite : *Eug. Delacroix, 1850.*

Toile. Haut., 55 cent.; larg., 45 cent.

DEVEDEUX (Louis)

91 — *Paysage.*

Signé à gauche.

Bois. Haut., 25 cent.; larg., 18 cent.

DEVEDEUX (Louis)

92 — *Paysage.*

Signé à gauche.

Bois. Haut., 25 cent.: larg., 17 cent.

DIAZ (École de N.)

93 — *La Cueillette des pommes.*

Toile. Haut., 25 cent.; larg., 33 cent.

DUPLESSIS (D'après J.-S.)

94 — *Portrait de Louis XVI.*

Pastel ovale. Haut., 71 cent.; larg., 60 cent.

Cadre ancien.

ÉCOLE ANGLAISE (Première moitié du XIXe siècle)

95 — *Deux Femmes.*

Dans un paysage, au pied d'un gros arbre dans un terrain découvert. Esquisse.

Toile. Haut., 22 cent.; larg., 32 cent

ÉCOLE ESPAGNOLE

96 — *Saint Jean.*

Toile. Haut., 40 cent.; larg., 53 cent.

ÉCOLE FRANÇAISE (Commencement du XIXe siècle)

97 — *Paysage italien.*

Toile. Haut., 21 cent.; larg., 26 cent.

ÉCOLE FRANÇAISE DE BARBIZON (Dite de 1830)

98 — *Rochers sous bois dans la forêt de Fontainebleau.*

Toile. Haut., 64 cent.; larg., 98 cent.

ÉCOLE ROMANTIQUE

99 — *Les Adieux.*

Toile marouflée sur carton.

Signée des monogrammes : *N. L. Z.*

Haut., 35 cent.; larg., 27 cent.

ÉCOLE VÉNITIENNE

100 — *Saint Jean.*

Toile. Haut., 17 cent.; larg., 23 cent.

FRÈRE ? (Charles-Édouard)

101 — *L'Abreuvoir.*

Haut., 46 cent.; larg., 51 cent.

GÉRARD (Le Baron)

102 — *L'Impératrice Marie-Louise et le Roi de Rome au château de Saint-Cloud.*

Esquisse.

Haut., 26 cent. 1/2.; larg., 16 cent. 1/2.

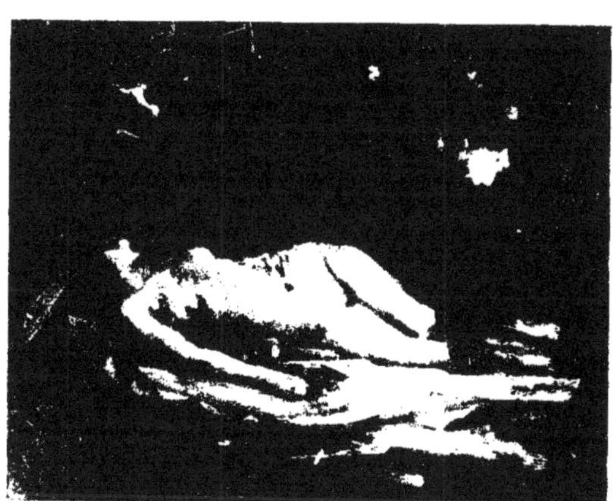

117. — Millet (J. F.)

Imp. Fortier et Marotte

108. — Jacque (Charles)

HÉREAU (Jules)

103 — *Le Laboureur. Effet de pluie.*

Bois. Haut., 20 cent.; larg., 35 cent.

HUGO (Victor)

104 — *Incendie d'un bateau à vapeur pendant la nuit.*

Dessin à la pierre noire rehaussé.

Signé en bas à gauche.

Haut., 13 cent.; larg., 33 cent.

INCONNU

105 — *Le Marchand d'images.*

Toile. Haut., 44 cent.; larg., 32 cent.

INCONNU

106 — *Jeune Italien.*

Assis sur l'herbe, vêtu de rouge.

Toile. Haut., 49 cent.; larg., 57 cent.

JACKSON

107 — *Portrait d'Homme.*

Toile. Haut., 61 cent.; larg., 51 cent.

JACQUE (Charles)

108 — *La Rentrée du troupeau.*

Sur une route sablonneuse; effet du soir.

Signé en bas à droite : *Ch. Jacque.*

Bois. Haut., 33 cent.; larg., 49 cent.

KESSEL (Van)

109 — *Portrait présumé du peintre Léonard.*

Vêtu d'un habit de velours noir, debout devant une console de bois doré encadré par un fond de paysage.

Au verso on lit : *Peint par Van Kessel en 1702.*

Toile. Haut., 33 cent. 1/2.; larg., 25 cent. 1/2.

Cadre Louis XIV, bois sculpté.

KIPRENNSKY (O.-A.)

110 — *Portrait de Thorwalsden.*

Toile. Haut., 67 cent.; larg., 79 cent.

KIPRENNSKY

111 — *La Princesse Volkouska.*

Toile ovale. Haut., 60 cent.; larg., 50 cent.

KOUPETSKY

112 — *Portrait présumé d'un roi de Pologne.*

Vu à mi-jambes de trois quarts à gauche, vêtu d'un habit de velours noir brodé d'or et une écharpe en satin blanc, col de guipure, la main gauche appuyée sur la garde de son épée, le bras droit accoudé à une balustrade de pierre.

Toile. Haut., 1 m. 10 cent.; larg., 88 cent.

LA ROCHENOIRE

113 — *Vaches à l'abreuvoir.*

Toile. Haut., 45 cent.; larg., 54 cent.

LAZERGES (Hippolyte)

114 — *Le Printemps.*

Esquisse.

Haut., 1 m. 14 cent.; larg., 1 m. 50 cent

MÉRINO (Ignacio)

115 — *Italiens et Italiennes se reposant au soleil.*

Toile. Haut., 38 cent.; larg., 45 cent.

MIGNARD (Pierre)

116 — *Tête de Jeune Femme.*

A été remise en toile.

Toile. Haut., 46 cent.; larg., 38 cent.

MILLET (J.-F.)

117 — *Nymphe couchée sous bois.*

Toile. Haut., 19 cent.; larg., 24 cent.

OUDINOT (Achille)

118 — *Paysage boisé près de la Mer, à Villerville.*

Signé en bas à droite.

Bois. Haut., 17 cent.; larg., 29 cent.

PAAL (De)

119 — *La Grande futaie.*

Signé en bas à droite.

Toile. Haut., 54 cent.; larg., 73 cent.

PTOCKORST

120 — *Jeune Mère et son enfant au bain.*

Signé en bas à gauche.

Haut., 70 cent.; larg., 57 cent.

RICARD (Louis-Gustave)

121 — *Portrait d'Homme.*

Coiffé d'une toque à plume de faisan, vu en buste de trois quarts à droite. Vêtu d'un pourpoint de velours noir avec manteau de velours violet.

Signé à droite du monogramme.

Toile. Haut., 60 cent.; larg., 50 cent.

RICARD (Louis-Gustave)

122 — *Portrait d'un Artiste.*

Dessin à la pierre noire.

Signé à droite du monogramme.

Haut., 35 cent.; larg., 27 cent.

RICARD (Louis-Gustave)

123 — *Portrait de Jeune Femme.*

Dessin à la pierre noire.

Signé à droite du monogramme.

Haut., 27 cent.; larg., 35 cent.

RICARD (Louis-Gustave)

124 — *Portrait d'un Artiste.*

Pochade.

Toile. Haut., 55 cent.; larg., 45 cent.

ROZIER (Jules)

125 — *Vaches au pacage.*

Étude.

Bois. Haut., 20 cent.; larg., 27 cent.

Imp. Fortier et Marotte

121. — Ricard (Louis Gustave)

SAIN (Edouard-Alexandre)

126 — *Paysanne provençale.*

Assise sur les marches de sa chaumière.
Effet de soleil.

Signé en bas à droite.

Bois. Haut., 39 cent.; larg., 30 cent.

SERRES (Antony)

127 — *Avant le bain.*

Signé en bas à droite.

Toile. Haut., 46 cent.; larg., 32 cent.

SERRES (Antony)

128 — *Après le bain.*

Signé en bas à droite.

Toile. Haut., 46 cent.; larg., 32 cent.

SOKOLOFF

129 — *Un Enterrement au Caucase; effet de neige.*

Signé en bas à droite.

Haut., 26 cent.; larg., 43 cent.

SOKOLOFF

130 — *La grande Catherine.*

Nous joignons un authographe original de l'Impératrice Catherine II.

Aquarelle. Haut., 25 cent.; larg., 18 cent.

SWERTCHKOFF (H.)

131 — *Le Fardier russe à l'entrée d'un bois.*

Dessin rehaussé d'aquarelle.

Haut., 28 cent.; larg., 38 cent.

SWERTCHKOFF (H.)

132 — *Le Fardier russe; effet de neige.*

Dessin rehaussé d'aquarelle.

Haut., 30 cent.; larg., 44 cent.

SWERTCHKOFF (H.)

133 — *Attelage d'un traîneau russe, emballé; effet de neige.*

Dessin rehaussé d'aquarelle.

Haut., 30 cent.; larg., 57 cent.

SWERTCHKOFF (H.)

134 — *Le Fardier en terrain découvert; effet de neige.*

Dessin rehaussé d'aquarelle.

Haut., 31 cent.; larg., 54 cent.

TASSAERT (N.-F.-O.)

135 — *Roméo et Juliette : la scène du balcon.*

Dessin à la sépia.

Signé en bas à droite.

Pendant du suivant.

Haut., 18 cent.; larg., 14 cent.

TASSAERT (N.-F.-O.)

136 — *Roméo et Juliette : la scène du jardin.*

Dessin à la sépia.

Signé à droite du monogramme.

Pendant du précédent.

Haut., 18 cent.; larg., 14 cent.

TASSAERT (N.-F.-O.)

137 — *Portrait d'Artiste.*

Vu de face en buste, vêtu d'un habit brun.
En bas, une dédicace presque illisible : *A Claude Mes.....*

Haut., 55 cent.; larg., 45 cent.

Imp. Fortier et Marotte

137. — Tassaert (N. F. O.)

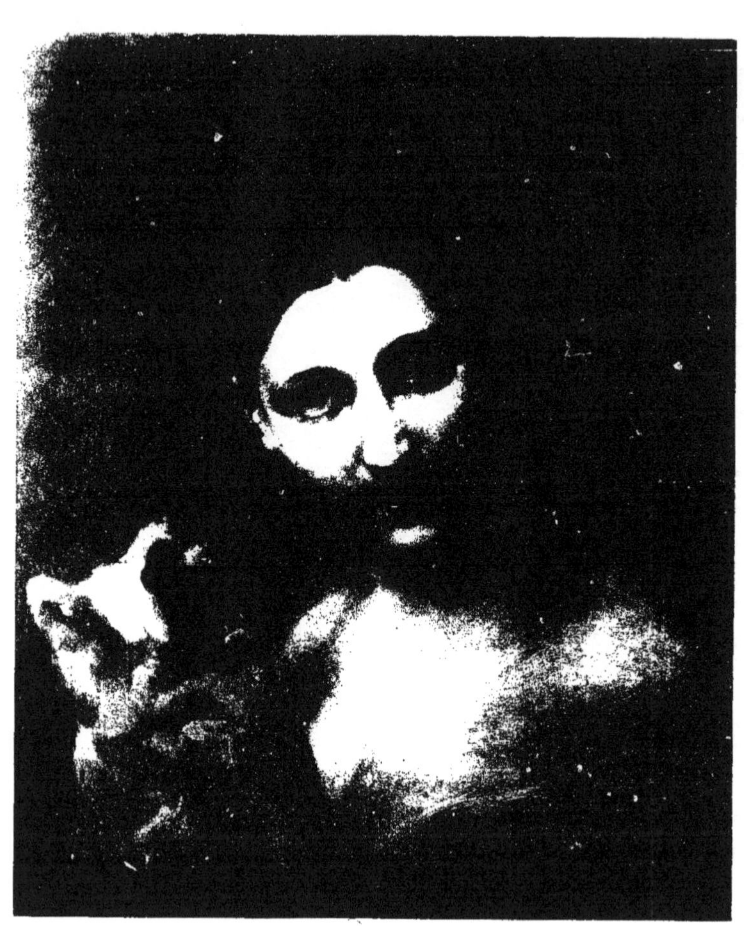

Imp. Fortier et Marotte

138. — Tassaert (N. F. O.)

TASSAERT (N.-F.-O.)

138 — *Buste de Jeune Femme.*

Vue de face de grandeur naturelle, tenant dans ses mains une mèche de ses cheveux.

Toile. Haut., 61 cent.; larg., 51 cent.

TASSAERT (N.-F.-Octave)

139 — *Le Christ abandonné.*

Toile. Haut., 41 cent.; larg., 70 cent.

TATITCHEFF

140 — *Terres labourées, par un soleil couchant.*

Signé en bas à droite.

Toile. Haut., 40 cent.; larg , 27 cent.

TENIERS le Jeune (David)

141 — *L'Hiver.*

Bois. Haut., 30 cent.; larg., 22 cent.

TENIERS (D'après)

142 — *Danse champêtre.*

Copie ancienne.

Toile. Haut., 61 cent. 1/2; larg., 74 cent. 1/2.

THOREN (Otto von)

143 — *Troupeau de bœufs près d'un château en ruines.*

Signé en bas à droite du monogramme.

Bois. Haut., 24 cent.; larg., 15 cent.

TROYON (École de)

144 — *La Vache blanche.*

Bois. Haut., 12 cent.; larg., 18 cent.

TROYON (École de)

145 — *Les Gros chênes; coucher de soleil.*

Haut., 24 cent. 1/2; larg., 32 cent.

TROYON (École de)

146 — *Paysan et son cheval blanc, à l'abreuvoir.*

Bois. Haut., 18 cent.; larg., 12 cent.

VERNET (Horace)

147 — *Étude d'un cheval alezan.*

Vu de profil à droite (non terminé.)

Carton. Haut., 35 cent.; larg., 27 cent.

VERNET (École de Joseph)

148 — *Édifice en ruines dans un site montagneux, au bord d'un lac près d'un village.*

Toile. Haut., 1 m. 10 cent.; larg., 78 cent.

Cadre Louis XVI en bois sculpté.

VOILLEMOT (André-Charles)

149 — *La Danse au XVIIIe siècle.*

Toile. Haut., 45 cent. 1/2; larg., 32 cent. 1/2.

150 — Numéros omis.

BOIS SCULPTÉS

DES ÉPOQUES GOTHIQUE & RENAISSANCE

PANNEAUX, COFFRES

CHAISES

OBJETS DIVERS EN ARGENT, BRONZE ET BRONZE ÉMAILLÉ

GROUPE EN BISCUIT DE SÈVRES

SERRURES ANCIENNES, ARMES

151 — Environ soixante-dix panneaux en bois sculpté, devants et côtés de coffres, motifs à ogives, arceaux, serviette repliée, figures, etc.; des époques gothique et Renaissance. (Sera divisé.)

152 — Grand coffre en chêne, offrant en décor neuf panneaux sculptés gothiques, séparés par des contreforts à colonnettes torses à fleurons.

Long., 1 m. 72 cent.; prof., 60 cent.

153 — Petit coffre bas, en chêne, à trois faces ornées de panneaux sculptés gothiques.

Long., 68 cent.; prof. 34 cent.

154 — Petit coffre bas en chêne clair, orné sur ses trois faces de panneaux sculptés gothiques, à motifs de serviette repliée.

Long., 1 m. 07 cent.; prof., 37 cent.

3

155 — Quatre coffrets en bois sculpté ou métal repoussé. Époques gothique et de la Renaissance.

156 — Meuble de coin, s'ouvrant à deux vantaux, en chêne sculpté à rosaces, rinceaux, frises et bas-relief. XVIe siècle.

157 — Tabernacle en chêne sculpté, en forme de flèche de cathédrale. Travail gothique.

158 — Grande chaise à dossier élevé, ornée de panneaux sculptés gothiques.

159 — Trois chaises à dossiers et sièges de forme rectangulaire et garnis de cuir clouté de cuivre. XVIIe siècle.

160 — Petit escabeau en noyer reposant sur quatre pieds reliés par des entretoises. Epoque de la Renaissance.

161 — Important lot d'environ cent cinquante pièces : triptyques, baisers de paix, christs en bronze avec parties émaillées. (Sera divisé.)

162 — Lot de serrures anciennes en fer forgé et repercé. Époque de la Renaissance.

163 — Deux mortiers anciens en bronze.

164 — Groupe en biscuit de Sèvres : l'Amour aiguisant ses traits.

165 — Un lot d'étoffes anciennes. (Sera divisé.)

166 — Deux plateaux en argent, le marli repoussé ; décor à oiseaux et fruits. Signés de *Twestreng*, *1864*, et de *Elisabeth Heinrich Vernoillible*, *1708*.

167 — Plat en cuivre repoussé ; décor à la grappe de raisin.

168 — Deux calices en argent doré repoussé et bronze ; décor à rinceaux et médaillons. XVIIe siècle.

169 — Trois gobelets russes anciens en bronze gravé.

170 — Tasse avec soucoupe et présentoir en ancienne porcelaine de la Chine, famille rose.

171 — Un lot d'armes diverses.

172 — Sous ce numéro, un lot d'objets non catalogués.

LIVRES

173 — Musée du Prince Basile Kotchoubey (Numismatique), Saint-Pétersbourg, 1857, 2 vol. petit in-fol. cart.

174 — Livre à reliure de l'époque de la Renaissance (manque un peu de conservation).

175 — Histoire de la Ville de Paris, par D. Mich Felibrer. Paris G. Desprez, 1725, 2 vol, in-fol. pl. (mouillures).

176 — Finden's Byron Beautie, London Tilt, 1836. 1 vol. in-8 (incomplet.)

www.ingramcontent.com/pod-product-compliance
Ingram Content Group UK Ltd.
Pitfield, Milton Keynes, MK11 3LW, UK
UKHW021943260726
13994UKWH00004B/1512